TAKO

Text: Yann
Zeichnungen: Michetz

1. Auflage 1990

Verlagsvertretung Deutschland: Cadmos Verlag GmbH
Aus dem Französischen von Helmut Mennicken

ISBN 90 344 0430 7 (softcover)
ISBN 90 344 0440 4 (hardcover)

ARBORIS

O YU!
O YU!...

* BUSHI: (JAP.) RITTER

UND TROTZDEM...
...HAT ER UNRECHT!
WARUM HAST DU DAS GETAN?! DER TAKO KOMMT DOCH GEGEN DIE MÖWEN ÜBERHAUPT NICHT AN!
WER WEISS...
KOMM...
WARTE...

WORAUF WARTET IHR? KOMMT! DIE MANNER ZIE-HEN LOS!...
STILL, O-HANA!
WAS IST DENN LOS? WAS...
IEEEER
KLEINER POLYP, DAS HAST DU GUT GEMACHT...
...ALL DER SCHÖNE SAND VON DER SCHMUTZIGEN, SCHWARZEN TINTE BE-KLECKERT, DAS IST WIDERLICH!

*SAMURAI: (JAP. "DIENENDER") IM ALTEN JAPAN DAS BEWAFFNETE BEGLEITPERSONAL DES ADELS, SPÄTER DIE ANGEHÖRIGEN DES KRIEGERSTANDES; SIE LEBTEN NACH EINEM STRENGEN EHRENKODEX.

* SHOGUN: (JAP. "HEERFÜHRER") TITEL EINES KRIEGFÜHRENDEN KAISERL. FELDHERRN, DER JAHRHUNDERTELANG AN STELLE DES MACHTLOSEN KAISERS DIE REGIERUNG LEITETE ** BUSHIDO: (JAPANISCH EIGENTLICH "KRIEGERWEG") ETHIK DES JAP. RITTERS UND ETHISCHES IDEAL JAPANS, DA DIE RITTER 1192-1867 DER FÜHRENDE STAND DES LANDES WAREN. VERLANGT TREUE, WAFFENTÜCHTIGKEIT, TODESVERACHTUNG, SELBSTZUCHT UND GÜTE.

* HONDO: JAP. NAME FÜR DIE INSEL HONSHU, DIE GRÖSSTE DER VIER HAUPTINSELN JAPANS MIT DER HAUPTSTADT TOKIO.

VATER, ICH WERDE DEM GEHÖREN, DEN MEIN HERZ MIR NENNT...
GENUG GESCHWÄTZT! ZURÜCK IN EURE GEMÄCHER!... UND IHR, SAMURAI, ÜBERSCHREITET MEINE SCHWELLE ERST WIEDER, WENN IHR EUCH MIT RUHM BEDECKT HABT...
...ODER AUF EINEM TRAUERKATAFALK!
VATER, ICH PROTESTIERE! O-HANA HAT NICHT DAS RECHT...
SCHWEIG, O-YU! NAMAZU ERSTICKT DIE MÄDCHEN UND IHR GRÄSSLICHES GESCHREI, DAS DIE HARMONIE STÖRT, DIE HIER HERRSCHEN SOLLTE!
... WARUM NUR HABE ICH KEINEN SOHN, EINEN MÄNNLICHEN ERBEN, DER MEINEN NAMEN TRÄGT UND STOLZ DEN SASHIMONO DES KLANS INAMURA AN DER SPITZE MEINER TRUPPEN AUFPFLANZT!
SAMA...
KAORU, DRECKIGE NUTTE!...

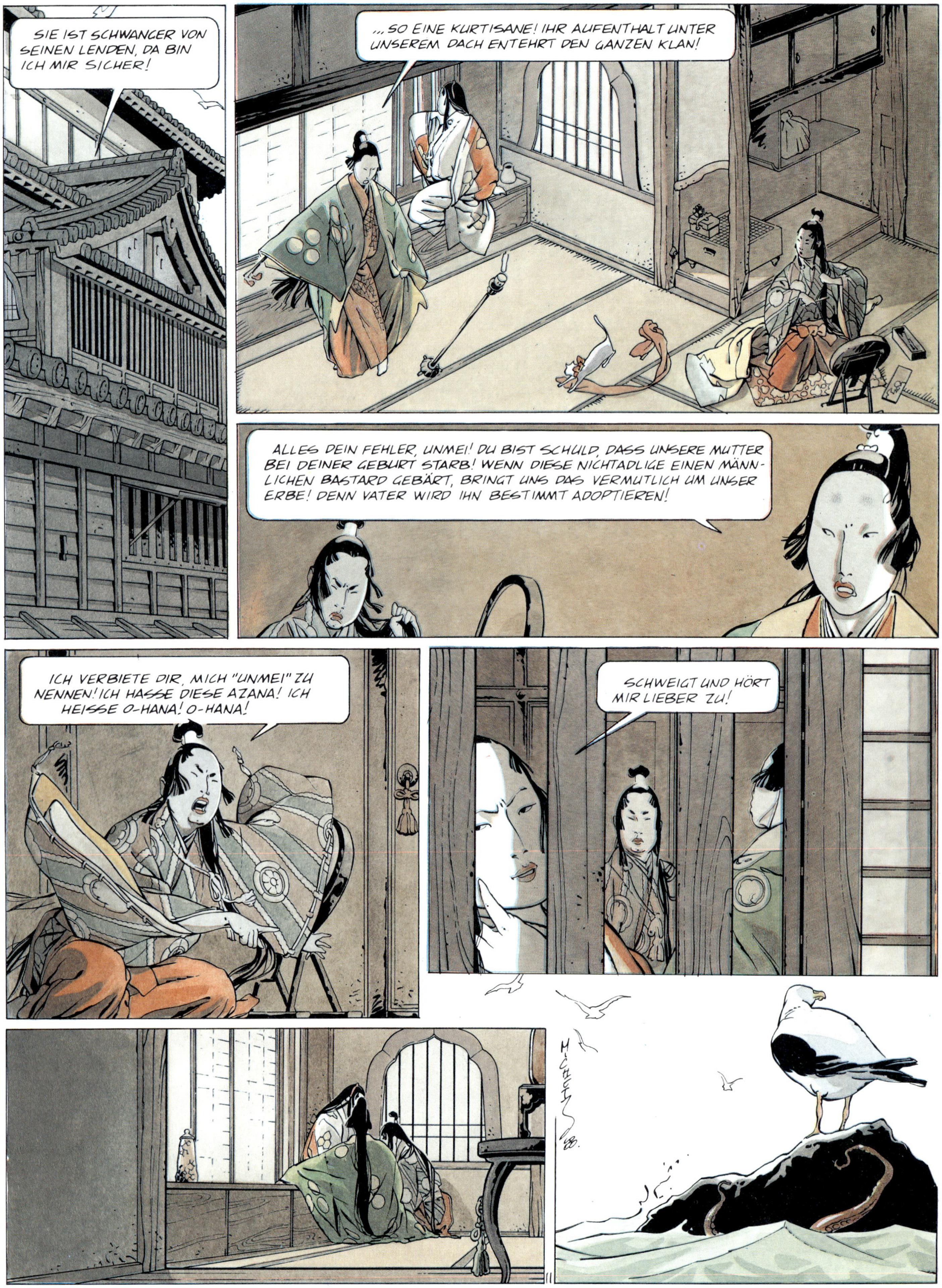
SIE IST SCHWANGER VON SEINEN LENDEN, DA BIN ICH MIR SICHER!
..., SO EINE KURTISANE! IHR AUFENTHALT UNTER UNSEREM DACH ENTEHRT DEN GANZEN KLAN!
ALLES DEIN FEHLER, UNMEI! DU BIST SCHULD, DASS UNSERE MUTTER BEI DEINER GEBURT STARB! WENN DIESE NICHTADLIGE EINEN MÄNNLICHEN BASTARD GEBÄRT, BRINGT UNS DAS VERMUTLICH UM UNSER ERBE! DENN VATER WIRD IHN BESTIMMT ADOPTIEREN!
ICH VERBIETE DIR, MICH "UNMEI" ZU NENNEN! ICH HASSE DIESE AZANA! ICH HEISSE O-HANA! O-HANA!
SCHWEIGT UND HÖRT MIR LIEBER ZU!

SIND WIR FRAUEN ODER DACHSE? WESHALB LASSEN WIR UNS ÜBER DIESEN STEIN AUS, INDEM WIR GROBES ESSEN WIEDERKÄUEN?... WAREN WIR DENN NICHT IN KIOTO AM UFER DES KAMOGAWA IN GUTER GESELLSCHAFT, ALS WIR DEM RUF DES KUCKUCKS LAUSCHTEN ODER UNS AN DEN DELIKATEN FARBEN EINES TANG-GEMÄLDES BERAUSCHTEN?...
...DIE PEST KOMME ÜBER DIESES WIDERLICHE EXIL OHNE DIE HOFFNUNG AUF FLUCHT, MIT DEM WIR UNSER JUGEND BELASTEN!
SEHT NUR DIESE BÄUERIN! SIE VERSCHLINGT DEN REIS WIE EIN NIEDERES TIER... UND VERRÄT IHRE NIEDERE HERKUNFT!
SIE KANN SICH SO VIEL MIT KRÄUTERDÜFTEN PARFÜMIEREN WIE SIE WILL, IHRE GROBE HAUT BEHÄLT DEN ROTEN ABDRUCK DES KIMONOS EINER PROSTITUIERTEN!...
HABT IHR DEN VERSTAND VERLOREN?! SEID STILL! WHEN VATER UNS HÖRT...
IM GEGENTEIL, ER SOLL ES RUHIG HÖREN!...
KAORU!... MEINE SCHWESTERN UND ICH STREITEN UNS ÜBER EIN IRRITIERENDES DETAIL... KÖNNTEST DU UNS AUFKLÄREN?
?...
UM DIE ZEIT TOTZUSCHLAGEN, HABEN WIR HEUTE MORGEN DIE UNTERHALTUNG VON ZWEI WACHEN BELAUSCHT...

* EDO: BIS 1868 DER NAME DER HEUTEN JAPANISCHEN HAUPTSTADT TOKIO

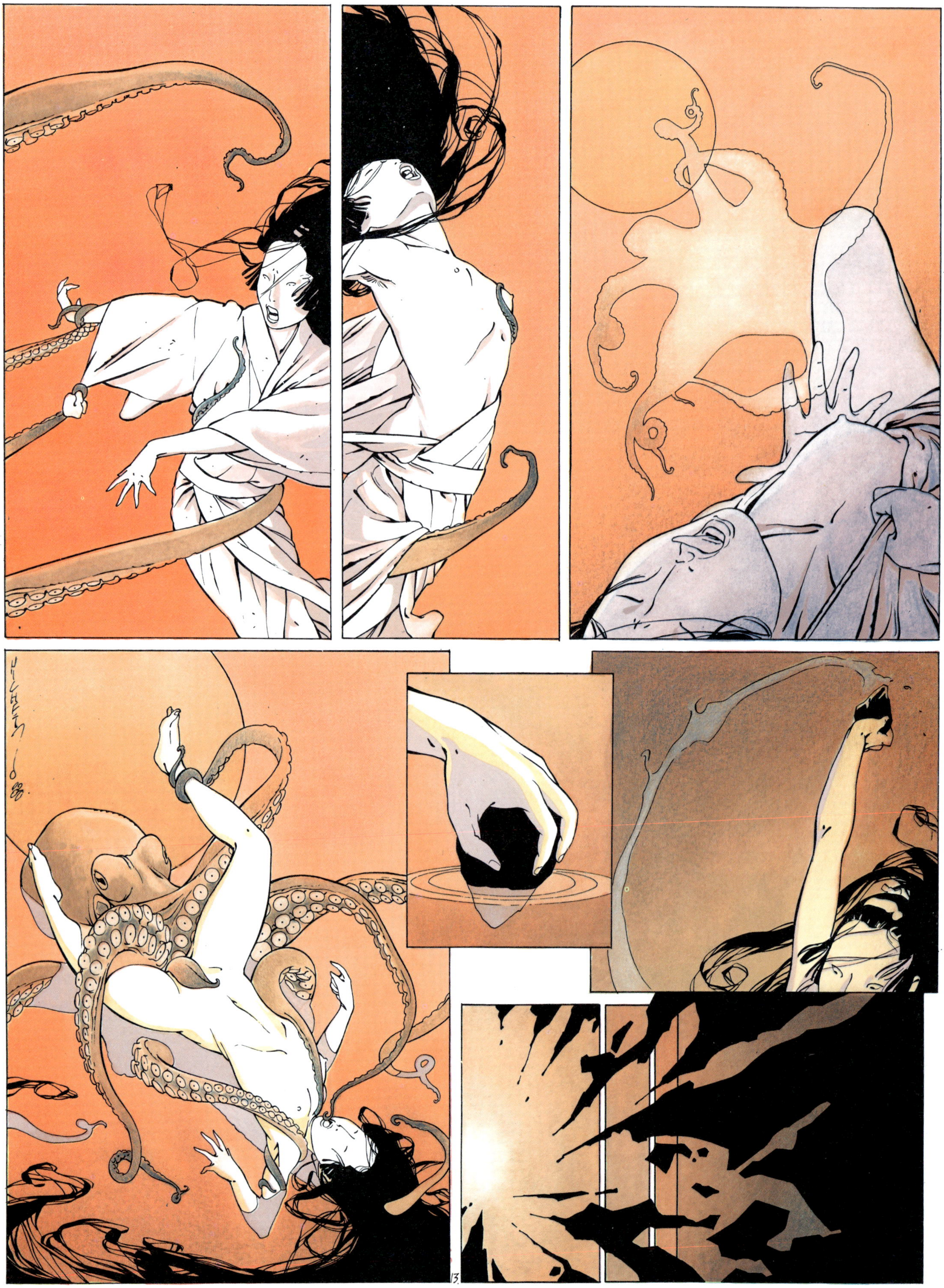

HH HG... HEEHH...
HA... NN...
KAORU?...
KAORU... WO BLEIBST DU? ...NUN KOMM SCHON!
ICH... ICH MACH EUCH NOCH WAS TEE, SAMA... ...

MÖGEN DIESE LENDEN ZUSÄTZLICH ZU DIESEM VERGNÜGEN MIR NOCH EINEN SOHN SCHENKEN...
...DIE NEBEL DER BLINDHEIT HABEN EINEN DICHTEN SCHLEIER ÜBER DIE GEWÖLBE MEINER DREI TÖCHTER GEWORFEN... IHRE GESICHTER KENNE ICH NICHT... EINE ENTSETZLICHE LAGE FÜR EINEN VATER!
DOCH WAS SOLL'S? ... KAORU, ICH GÄBE ALLES DRUM, WENN ICH DIESEN SOHN SEHEN KÖNNTE! ...
ALLES!

HOAH!
WAS...?! BIST DU TOLL GEWORDEN?! ...
WAS SOLL DAS HEISSEN, KAORU?!... DEINE SPIELE SIND UNGESCHICKTER ALS DIE EINER OIRAN DER LETZTEN KATEGORIE!...
SAMA... ICH... ICH...
SCHENK MIR LIEBER TEE EIN UND GEH!... DU HAST MICH VERÄRGERT...
...DAS FLEISCH IST JEDENFALLS TRAURIG HEUTE ABEND...

DAS LEBEN IST KURZ! WARUM WARTEN WIR AUF EINE EVENTUELLE RÜCKKEHR STATT UNS ZU AMÜSIEREN?
...UND DER BAUCH DIESER NUTTE WÖLBT SICH JEDEN TAG MEHR. WORAUF WARTEN WIR NOCH?! ...
SIE KEHREN NICHT ZURÜCK!... IHRE KNOCHEN VERFAULEN IRGENDWO AUF EINEM SCHLACHTFELD...
...ANTWORTET MIR!
DIE GEDULD IST EINE TUGEND, DIE DU NICHT BESITZT, MEINE ARME "UNMEI"...
...DENN HÄTTE DIE NATUR SIE DIR GESCHENKT, WÄRE MUTTER NOCH AM LEBEN...
...UND WIR BEFÄNDEN UNS NICHT DURCH DEINE SCHULD IN DIESER UNANGENEHMEN LAGE!
MISTSTÜCK!
ARME O-HANA... DAS VERHÄNGNIS VERDUNKELT IHRE STIRN WIE EINE GRAUE HERBSTWOLKE...

WERTE SCHWESTERN, WÄRE ES MÖGLICH, DASS EURE FALSCHE ZUNGEN WENIGER SCHARF SIND ALS DAS EISEN MEINER KLINGE?!...
O-SAMA!

SPIONIERT IHR MIR NACH? WAS WOLLT IHR?...
ICH... ICH HABE EIN ERSUCHEN AN EUCH ...
...IN ZWEI MONDEN FINDET DAS TURNIER IM BOGENSCHIESSEN STATT. ICH... ICH WÄRE SEHR GEEHRT, WENN ICH BEI DIESER GELEGENHEIT EURE STUTE REITEN DÜRFTE!...
...IHR KÖNNTET MIT EUREM NAMEN EHRE EINLEGEN, DENN MEINE PFEILE LEGEN DIE DREI ZIELSCHEIBEN IN STÜCKE!
FLEGEL!...
...BEVOR IHR AUF MEINE STUTE STEIGT, WILL ICH ZUERST SEHEN, OB IHR DIE HERRIN BESTEIGEN KÖNNT!

Es ist absurd!...
...Wozu soll es gut sein, diese Brücke anzustieren?... Sie kehren nicht heim!
Auf jeden Fall nicht für dich...
Seht mal!...
...Die Zeit steht nicht für alle still! Diese Barbaren aus dem Süden werden immer dreister und besudeln unsere Küsten!
Sie sollen stinken, ohne Manieren sein und, so heisst es, gut ausgebildete Glieder ihr eigen nennen!
Worauf warten Sie dann noch, um zu landen?... Ich wüsste schon, wie ich sie empfinge! ...

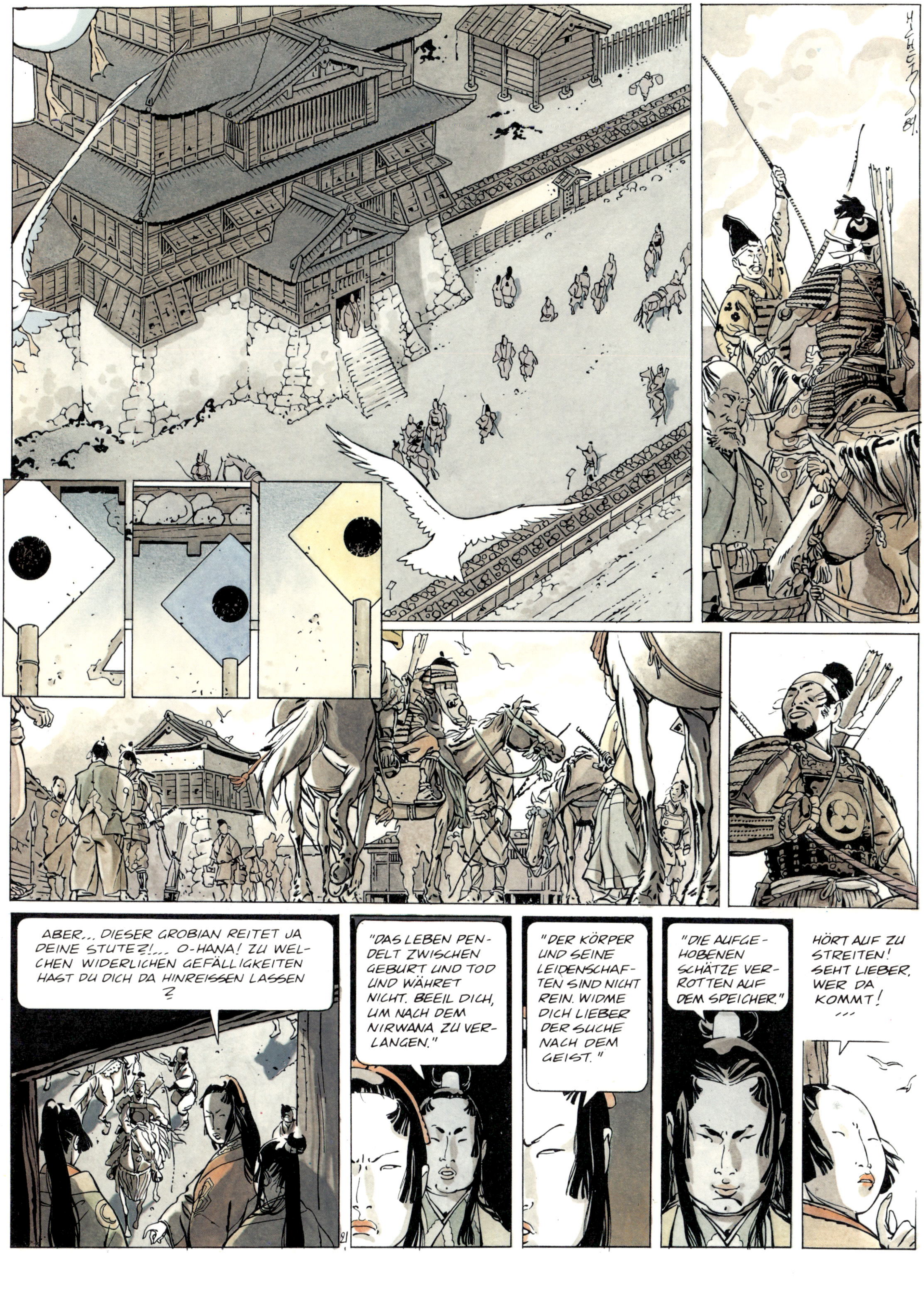
ABER... DIESER GROBIAN REITET JA DEINE STUTE?!... O-HANA! ZU WELCHEN WIDERLICHEN GEFÄLLIGKEITEN HAST DU DICH DA HINREISSEN LASSEN ?
"DAS LEBEN PENDELT ZWISCHEN GEBURT UND TOD UND WÄHRET NICHT. BEEIL DICH, UM NACH DEM NIRWANA ZU VERLANGEN."
"DER KÖRPER UND SEINE LEIDENSCHAFTEN SIND NICHT REIN. WIDME DICH LIEBER DER SUCHE NACH DEM GEIST."
"DIE AUFGEHOBENEN SCHÄTZE VERROTTEN AUF DEM SPEICHER."
HÖRT AUF ZU STREITEN! SEHT LIEBER, WER DA KOMMT! ...

KAORU... DIESES MUTTERTIER SCHEINT VERGNÜGEN DARIN ZU FINDEN, IHRE SCHMUTZIGE GESCHWULST ZUR SCHAU ZU STELLEN, DIE SELBST DIE GESCHICKTESTE KLEIDUNG NICHT MEHR ZU VERBERGEN VERMAG!
BALD ERFÜLLT DIESER BASTARD UNSER LEBEN MIT SEINEN SCHREIEN... DAS WIRD NICHT ZU ERTRAGEN SEIN!
ER SOLL IN IHREN EINGEWEIDEN VERFAULEN... KREPIEREN SOLL SIE DARAN!
ERHOFFT EUCH NICHT ALLZUVIEL VOM SCHICKSAL! DIESE FRAU BESITZT DIE AUSDAUER DER GEWÖHNLICHEN MENSCHEN. EINE EINFACHE SCHWANGERSCHAFT KANN IHR NICHTS ANHABEN!
ABER DAS SCHICKSAL IST EINE NUTTE, DIE SICH LEICHTER PACKEN LÄSST, ALS MAN GLAUBT. KOMMT!
WAS MACHST DU, IZUMI?

O-SAMA... DAME KAORU, MEINE HERRIN, HAT MICH GESCHICKT, UM REIS ZU HOLEN. ALL DIESE AUFREGUNG HAT IHR APPETIT GEMACHT...
ICH VERBIETE DIR, DIESE VULGÄRE OIRAN EINE DAME ZU NENNEN!...
...NOCH SIE ZU BEDIENEN! DIE HUNGRIGE VETTEL SOLL SELBER AN IHREN TROG KOMMEN! GEH JETZT!
WIE HABT IHR ES GEWAGT? ICH...
CLAC
BIST DU HUNGRIG, KAORU?

...ODER SOLLTE ICH LIEBER SAGEN: ER HAT HUNGER...
ER IST BESTIMMT HUNGRIG... HIER, GIB IHM ZU ESSEN...
NUN ISS DOCH! SPÜRST DU NICHT, WIE HUNGRIG ER IST?!... WIR ZEIGEN ES DIR!
ISS!

EIN WANDERMÖNCH,.. SICHER MÖCHTE ER UM HERBERGE UND VERPFLEGUNG BITTEN UND UNS ZUM DANK MIT SEINEN UMSTÄNDLICHEN BERICHTEN ÜBER DEN KAMPF ZWISCHEN DEN KLANS DER TAIRA UND MINAMOTO LANGWEILEN,..
WAS GEHT UNS DIESER SENILE LANGWEILER AN! DER STURM BRAUT SICH ZUSAMMEN, UND DIE ALTEN FISCHER SAGEN SOGAR, DASS EIN ORKAN AUFZIEHEN KANN,..
NUN, DER ORKAN SOLL RUHIG KOMMEN UND DIESE DUMPFE TRAUERSTIMMUNG WEGFEGEN, DIE VATER UNS SEIT DEM TOD SEINER NUTTE AUFERLEGT!,..
,..ALLES SOLL ER HINWEGFEGEN! UNS! DIE BURG! DAMIT DIESE UNERTRÄGLICHE WARTEREI ENDET!
O-HANA HAT RECHT! WOZU NOCH WARTEN? WARUM NOCH HOFFEN? AMÜSIEREN WIR UNS LIEBER! ,..KOMM!
NEIN!
,..ICH WILL WARTEN!,.. ICH WEISS, DASS ER WIEDERKOMMT,.. UND ER MIR GEHÖRT!
WIE DU WILLST, O-FUMI, WIE DU WILLST,..

"... DANN VERSUCHTE DER SAMURAI TORI SUNEMON AUS DER BELAGERTEN BURG VON NAGASHINO ZU ENTKOMMEN, UM DIE TREUEN TRUPPEN DER NOBUNGA ZU WARNEN, DASS DER ANGRIFF UNMITTELBAR BEVORSTEHT..."
"... UNGLÜCKLICHER TORI! WUSSTE ER DENN NICHT, DASS MAN EINER FRAU IMMER MISSTRAUEN MUSS, AUCH WENN SIE EUCH SIEBEN KINDER GESCHENKT HAT?! ... DIE TAKEDA ABER..."
MÖNCH!...
"... ABER TORI SUNEMON WURDE VON DER BELEIDIGTEN KURTISANE VERRATEN, DIE IHM IHRE LIEBE ANGETRAGEN HATTE, DIE ER ABER VERSCHMÄHT HATTE. SIE ERKANNTE IHN, UND DIE TAKEDA ERGRIFFEN IHN..."
...WILLST DU UNS UNBEDINGT VOR LANGEWEILE UMKOMMEN LASSEN?... ERZÄHL UNS LIEBER DIE GESCHICHTE VOM "WEISSEN HASEN VON INABA" ODER VOM "KAMPF ZWISCHEN DEM AFFEN UND DEM KREBS"...
...ODER DIE HELDENTATEN VOM "BERÜHMTEN SCHNELLEN UND STÜRMISCHEN MANN"!
ERZÄHL LIEBER DIE GESCHICHTE VON DER "ALLSEITS WOHLTÄTIGEN MAUS," DIE... ...
JA, GUT!
ICH ERZÄHLE EUCH EINEN AUSZUG AUS DEM "KOJIKI", DEM EHRWÜRDIGEN BUCH DER ALTEN DINGE!

"ZU JENER ZEIT MEDITIERTE DER EHRWÜRDIGE GOTT DER SALZMEERE SHIHO-TSUCHI-NO-KAMI AUF EINEM VON DEN WELLEN UMSPÜLTEN FELS, ALS ER VON EINEM ALTEN TINTENFISCH UNTERBROCHEN WURDE, DER GENAU UNTER DIESEM FELS WEINTE... ALS ER SICH VORNÜBERBEUGTE, BEMERKTE ER, DASS DER ERSCHÖPFTE UND VON DEN KÄMPFEN VERLETZTE TAKO NUR NOCH DREI FANGARME BESASS..."
"...'WARUM, EHRENWERTER TAKO, TRÜBST DU MEINE GEDANKEN?'... 'EHRWÜRDIGER GOTT DER SALZMEERE, ICH WEINE, WEIL DAS SCHICKSAL MIR NUR DREI WEIBLICHE GLIEDER GELASSEN HAT, UND WENN MEINE STUNDE GEKOMMEN IST, KEIN SOHN AUF MEINEM GRAB TRAUERT.'..."
"...VOM WEHKLAGEN ERMÜDET, SAH SHIHO-TSUSHI-NO-KAMI UNGEDULDIG AUF IHN HINAB. 'FINDE DICH DAMIT AB, UND FREU DICH, DASS DU NOCH ÜBER DREI ARME VERFÜGST! UND NUN LASS MICH IN FRIEDEN!'... ABER DER ALTE TAKO LIESS NICHT NACH UND FLEHTE IHN WEITER UM HILFE AN..."
"...AUSSER SICH, WOLLTE DER EHRWÜRDIGE GOTT SICH ENTFERNEN, ALS ER BEMERKTE, DASS DER TAKO TOTE AUGEN HATTE, UND DA WURDE ER VON MITLEID ERGRIFFEN... ER GAB SEINER BITTE NACH UND VERSPRACH IHM, DASS IHM BINNEM KURZEM EIN NEUER ARM WACHSE.'..."
"...IM WEGGEHEN RIEF SHIHO-TSUHI-NO-KAMI IHM NOCH ZU: 'HOFFENTLICH MUSST DU DEINE BITTE NIE BEREUEN!'
"...ES KAM, WIE VORAUSGESAGT. BALD DARAUF WUCHS IHM EIN MÄNNLICHER ARM. DER ALTE TINTENFISCH KÜMMERTE SICH NUR UM DIESEN, SO DASS SICH IN DEN DREI ANDEREN ARMEN DIE EIFERSUCHT EINNISTETE..."
"...WÄHREND DER TINTENFISCH SCHLIEF, ERSTICKTEN SIE DEN JUNGEN STUMMEL... ALS DER ALTE KOPFFÜSSLER DEN LEBLOSEN KÖRPER ENTDECKTE..."
AUFHÖREN!

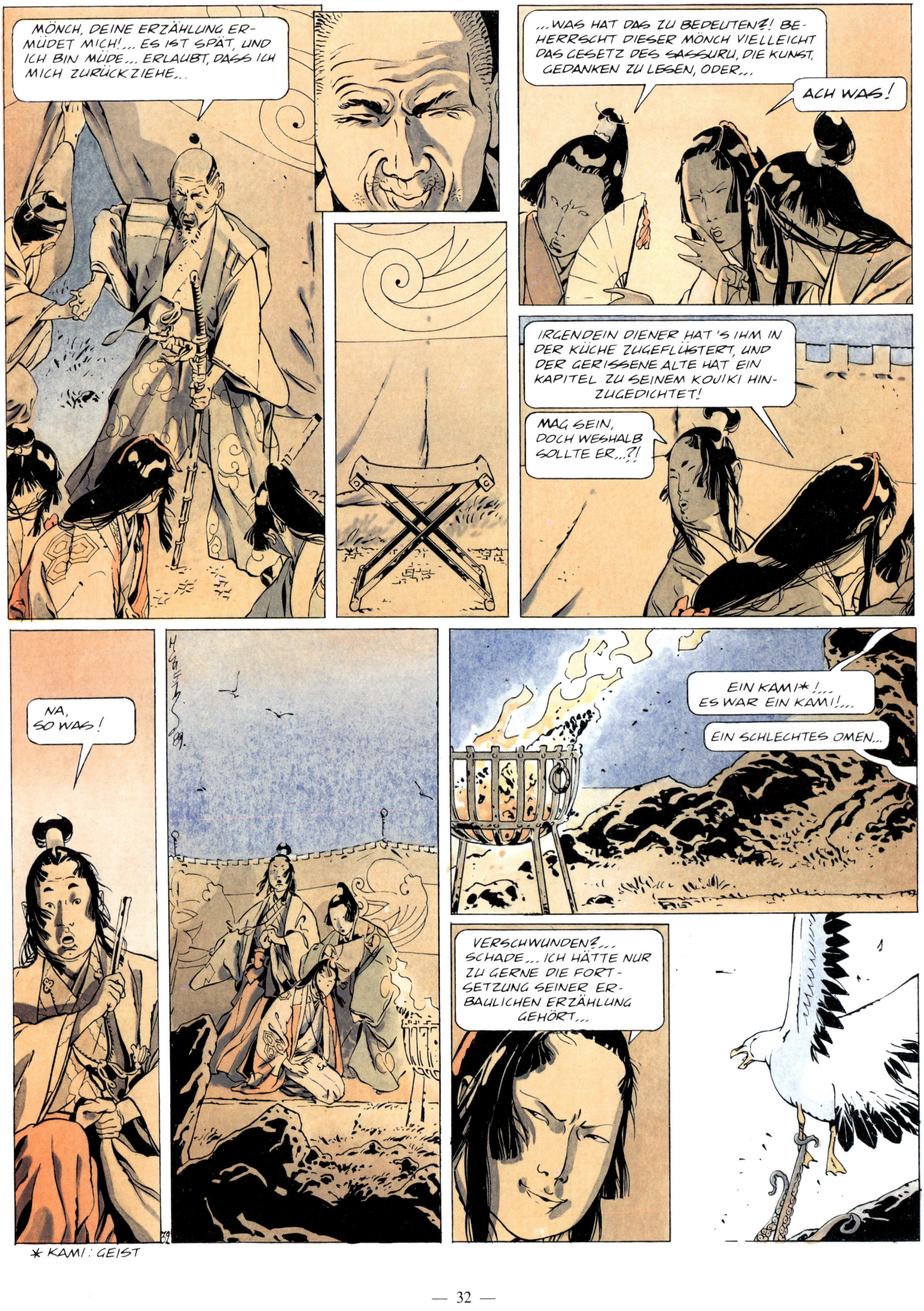
MÖNCH, DEINE ERZÄHLUNG ERMÜDET MICH!... ES IST SPÄT, UND ICH BIN MÜDE... ERLAUBT, DASS ICH MICH ZURÜCKZIEHE...
...WAS HAT DAS ZU BEDEUTEN?! BEHERRSCHT DIESER MÖNCH VIELLEICHT DAS GESETZ DES SASSURU, DIE KUNST, GEDANKEN ZU LESEN, ODER...
ACH WAS!
IRGENDEIN DIENER HAT'S IHM IN DER KÜCHE ZUGEFLÜSTERT, UND DER GERISSENE ALTE HAT EIN KAPITEL ZU SEINEM KOUIKI HINZUGEDICHTET!
MAG SEIN, DOCH WESHALB SOLLTE ER...?!
NA, SO WAS!
EIN KAMI*!... ES WAR EIN KAMI!...
EIN SCHLECHTES OMEN...
VERSCHWUNDEN?... SCHADE... ICH HÄTTE NUR ZU GERNE DIE FORTSETZUNG SEINER ERBAULICHEN ERZÄHLUNG GEHÖRT...

* KAMI: GEIST

HÖRT IHR DIESES KNARREN IM GEBÄLK, ODA-SAN?... DIE BRÜCKE HÄLT KEIN JAHR MEHR!
ACH, WAS SOLL'S, YUKIO!... HIER, NIMM ETWAS KOMBU ZUM KAUEN...
KOMBU?!... IHR KÄUT DIESE ALGEN WIEDER WIE JENE STINKIGEN FISCHER!
STIMMT NICHT!... WER ES SCHÄTZT, VERSPÜRT DARIN DEN ATEM DES MEERES, DAS GEWICHT DES MONDES, DEN LEICHTEN SCHLAG EINER ANSCHOVIS...
MAN MUSS ETWAS TUN!... HÖR NUR, WIE SIE KNARRT...
HÖR AUF MIT DEM GEJAMMER! SIE IST SO VERROTTET UND WURMSTICHIG WIE DIE BURG... UND DER BLINDE ALTE, DER SICH DORT EINIGELT!
OH!
ODA-SAN!... EINE SOLCHE FRECHHEIT... WENN DAS JEMAND HÖRT...
WESSEN ZORN HÄTTE ICH DA ZU FÜRCHTEN? DEN EINES GEBRECHLICHEN ALTEN ETWA?... ODER DEN VON DREI REISKÖRNERN, DIE SEINE KONKUBINE ERSTICKT HABEN?...
ÜBRIGENS ZU DEN REISKÖRNERN...
...SEIT MONDEN SCHON ZEIGT SICH NUR MEHR EINE AUF DEM AUSSICHTSPUNKT!

DAS IST O-FUMI ...
O-FUMI... FUMI-E, EIN FROMMES BILD...
...DIE SIEBEN KALAMITÄTEN UNTER EINEM SEIDENKIMONO, UA! WENN TENCHU EXISTIERT, DANN...
ODA-SAN...
HMM?...
SEHT MAL!
WAS GIBT'S DENN DA SO BESONDERES?
ABER... ABER VERSTEHT IHR DENN NICHT?!...
...SIE SIND ZURÜCKGEKEHRT!

SIEG! SIEG!
IHR DUMMEN FRAUEN! HÖRT AUF MIT DEM GEFLÜSTER UND ZIEHT MICH ENDLICH AN!
O-SAMA, SEID IHR NICHT GLÜCKLICH? SIE SIND ZURÜCK. NACH SO VIELEN MONDEN...
... IST DAS NICHT HERRLICH?!
IHR DUMMERCHEN! SIE SIND ZURÜCK. NA UND? ... ALLES MUSS SCHLIESSLICH WIEDER AN SEINEN AUSGANGSPUNKT ZURÜCKKEHREN... WO BLEIBT MEINE KOPFBEDECKUNG?!

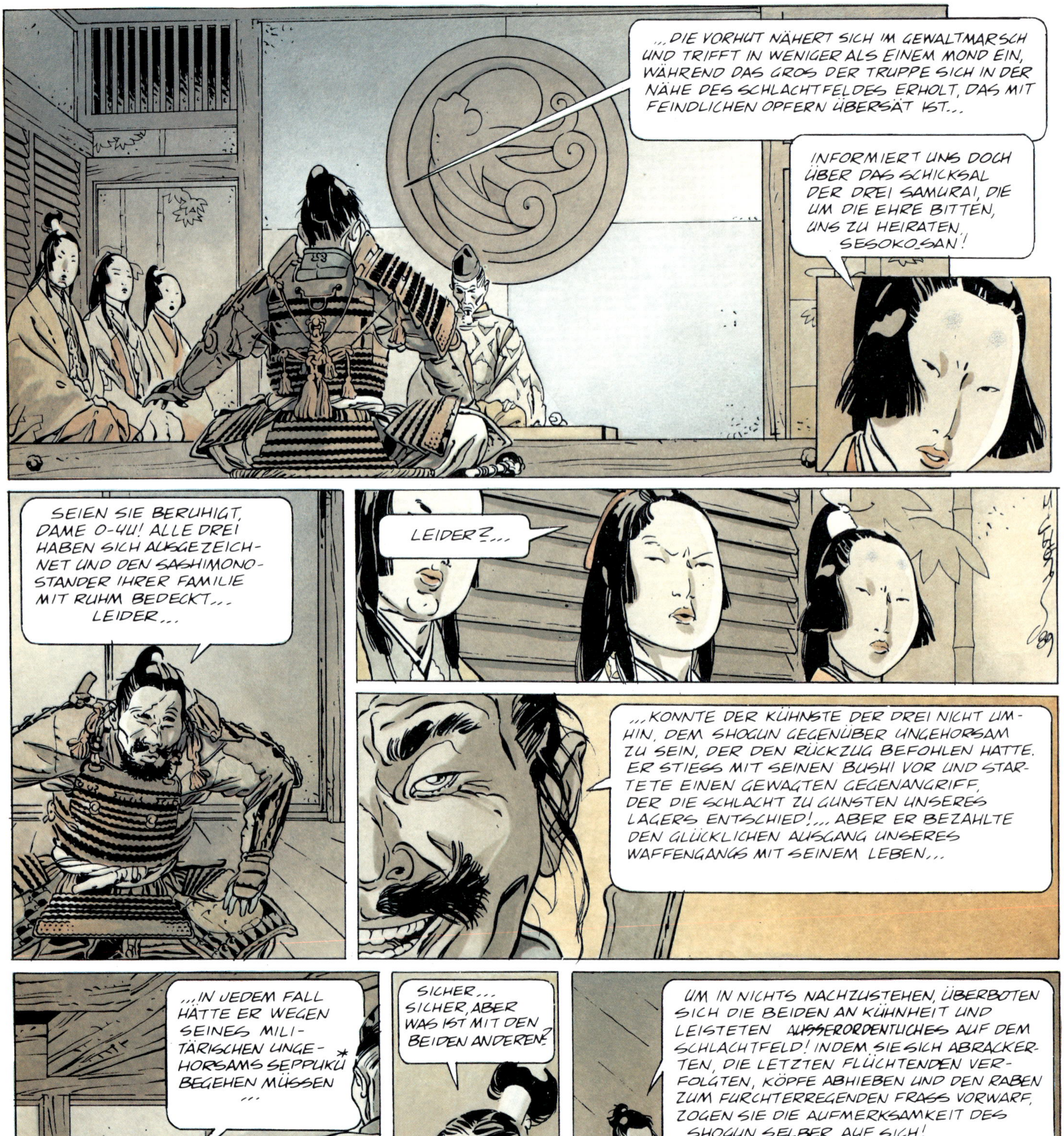

* SEPPUKU: (JAP. "BAUCHAUFSCHNEIDEN") UNTER DEM KRIEGERSTAND GEBRÄUCHLICHE ART DES RITUELLEN SELBSTMORDS (AUCH ALS HARAKIRI BEKANNT) ZUR WAHRUNG DER EIGENEN EHRE ODER ALS STRAFE VERHÄNGT.

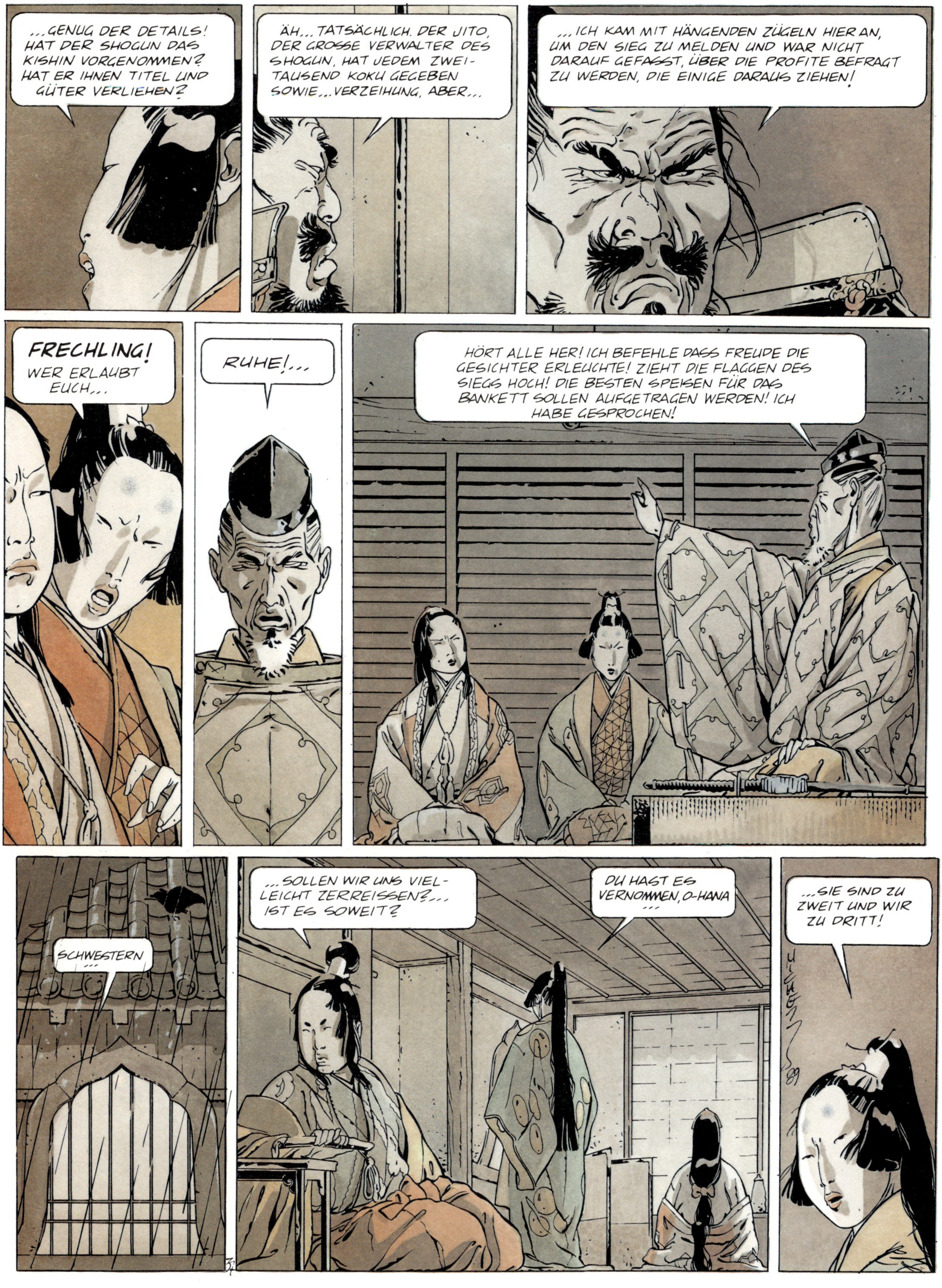
...GENUG DER DETAILS! HAT DER SHOGUN DAS KISHIN VORGENOMMEN? HAT ER IHNEN TITEL UND GÜTER VERLIEHEN?
ÄH... TATSÄCHLICH. DER JITO, DER GROSSE VERWALTER DES SHOGUN, HAT JEDEM ZWEI-TAUSEND KOKU GEGEBEN SOWIE... VERZEIHUNG, ABER...
...ICH KAM MIT HÄNGENDEN ZÜGELN HIER AN, UM DEN SIEG ZU MELDEN UND WAR NICHT DARAUF GEFASST, ÜBER DIE PROFITE BEFRAGT ZU WERDEN, DIE EINIGE DARAUS ZIEHEN!
FRECHLING! WER ERLAUBT EUCH...
RUHE!...
HÖRT ALLE HER! ICH BEFEHLE DASS FREUDE DIE GESICHTER ERLEUCHTE! ZIEHT DIE FLAGGEN DES SIEGS HOCH! DIE BESTEN SPEISEN FÜR DAS BANKETT SOLLEN AUFGETRAGEN WERDEN! ICH HABE GESPROCHEN!
SCHWESTERN...
...SOLLEN WIR UNS VIEL-LEICHT ZERREISSEN?... IST ES SOWEIT?
DU HAST ES VERNOMMEN, O-HANA...
...SIE SIND ZU ZWEIT UND WIR ZU DRITT!

...ICH HAB'S ODA-SAN DOCH GESAGT...
...SIE BRICHT ZUSAMMEN... WIR...
YUKIO!

DIE KAMIS SIND ZORNIG!... DIE NACHRICHT VOM SIEG SCHEINT IHNEN ZU MISS-FALLEN!...
ACH WAS! DIE BRÜCKE WAR ALT UND WURMSTICHIG. HINTER ALL DEM STECKT ÜBERHAUPT KEINE ZAUBEREI...
DIE KAMIS SIND IRRITIERT... UND WENN ES NICHT WEGEN DES SIEGES IST...
HÖR AUF, IN RÄTSELN ZU SPRECHEN...
ICH VERSTEH ES SO!
ARME UNMEI...
WAS WILLST DU DAMIT ANDEUTEN, DU VIPER?
HAST DU DEINE EIGENEN WORTE VERGESSEN?
..."WER ALS ERSTER DIE BRÜCKE ÜBERQUERT, DIE UNS MIT HONDO VERBINDET, GEHÖRT MIR!"... HAST DU DAS ETWA NICHT GESAGT, UNMEI?...
...DU HEIRATEST BE-STIMMT EINEN WASSERGEIST!

POOOOOOOO
HÖRT...
DA HINTEN! AM DORF...
ZWEI REITER! SIE SIND ES! ES KÖNNEN NUR UNSERE BEWERBER SEIN, DIE UNGEDULDIG AUF DAS WARTEN, WAS IHNEN ZUKOMMT!
POOOOO
ABER... WER IST DIESER VERRÜCKTE?! DIE RIFFS... DARAN KOMMT ER NIE IM LEBEN VORBEI!...
FEIGE ODER WEISE, DER ANDERE HAT ES VORGEZOGEN, DAS ABENTEUER ERST GAR NICHT ZU WAGEN... JEDENFALLS...
...WENN DIESER DA ES SCHAFFT, UNMEI, DANN ÜBERLASSE ICH IHN DIR GERNE... MIT EINEM WAHNSINNIGEN KANN ICH NICHTS ANFANGEN!
...ÜBRIGENS WIDERSTREBEN MIR NASSE UMARMUNGEN!
40

UA!... FAST HAT ER ES SCHON! ER... OH!
UNGLAUBLICH!... DER KÖNNTE ES SOGAR SCHAFFEN!
TSSSTSST... SAGT MAN NICHT: "DEN MÄNNERN VOM LAND IST DER HIMMEL NICHT GEWOGEN"?...
SEI STILL!

DA IST ER!
LASST IHN!... DIESER MANN IST SCHON TOT. ES LOHNT NICHT, DASS ANDERE IHR LEBEN RISKIEREN... DIE WELLEN SPÜLEN IHN NOCH HERBEI!
FEIGLINGE! LASST MICH DURCH!
ER GEHÖRT MIR. DAMIT IHR'S WISST!
DU GE-HÖRST MIR!...
...NUR MIR ALLEIN...
...
WIE KANN MAN BLOSS SICH VOR DIESEN HAUDEGEN SO GEHEN LASSEN...?
AM BESTEN FOLGEN WIR DEM BEISPIEL DES SAMURAI AM ANDEREN UFER: WIR WARTEN DAS ENDE DES UNWETTERS AB UND LEGEN UNS SOLANGE SCHLAFEN...

DAME O-YU!... DAME O-FUMI!
WAS HAT DIESER LÄRM ZU BEDEUTEN, OKISHI?
DAME O-HANA!... SIE... SIE IST IM STALL! IHR BLICK... IHREN BLICK HÄTTEN SIE SEHEN SOLLEN!
DUMMKOPF! O-HANA WEISS MIT PFERDEN UMZUGEHEN... EINE DUMMHEIT! KEINE URSACHE, SICH ZU ÄNGSTIGEN!
DIE ÄRMSTE... DAS SCHICKSAL WAR HEUTE GRAUSAM ZU IHR!
ICH... ICH FÜRCHTE, DIE SACHE IST NICHT NORMAL! REITET MAN BEI REGEN IN WEISSER SEIDE AUS?...
DU WILLST SAGEN... IHR HOCHZEITSKLEID? ODER...
...IHR TRAUERKLEID?...
ARME UNMEI... SCHICKSAL!... DIESER AZANA STEHT DIR GUT...
LASS UNS JETZT ALLEIN, OKISHI!

PLATZ DA! AUS DEM WEG, IHR KAMI DER WINDE! LASST MICH DURCH!
AUS DEM WEG, IHR KAMI DES WASSERS! ICH HEISSE O-HANA! O-HANA!
O-HANAAAAAAAAAA!!

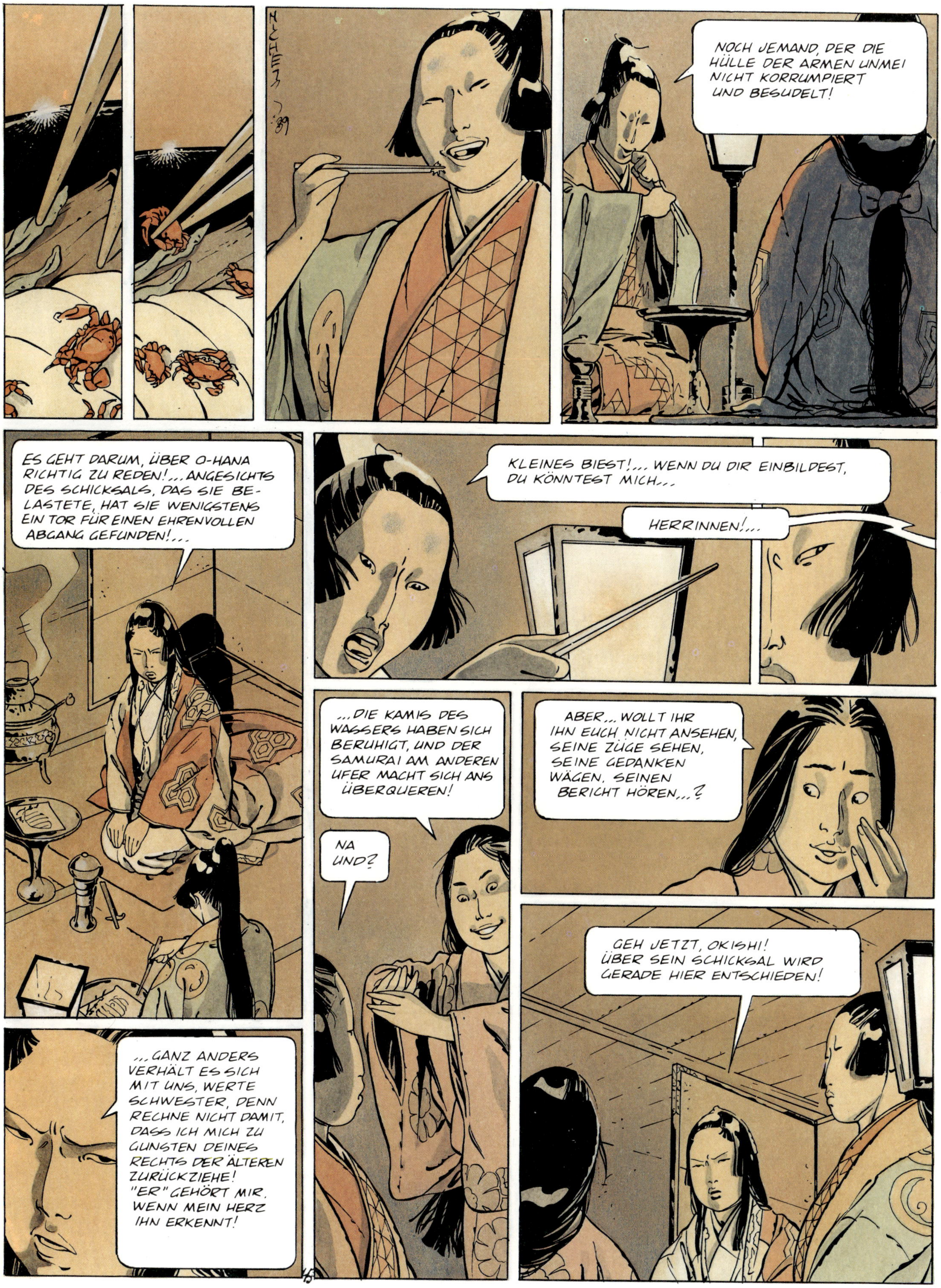

MICHETZ 7.89
NOCH JEMAND, DER DIE HÜLLE DER ARMEN UNMEI NICHT KORRUMPIERT UND BESUDELT!
ES GEHT DARUM, ÜBER O-HANA RICHTIG ZU REDEN!... ANGESICHTS DES SCHICKSALS, DAS SIE BELASTETE, HAT SIE WENIGSTENS EIN TOR FÜR EINEN EHRENVOLLEN ABGANG GEFUNDEN!...
KLEINES BIEST!... WENN DU DIR EINBILDEST, DU KÖNNTEST MICH...
HERRINNEN!...
...DIE KAMIS DES WASSERS HABEN SICH BERUHIGT, UND DER SAMURAI AM ANDEREN UFER MACHT SICH ANS ÜBERQUEREN!
NA UND?
ABER... WOLLT IHR IHN EUCH NICHT ANSEHEN, SEINE ZÜGE SEHEN, SEINE GEDANKEN WÄGEN, SEINEN BERICHT HÖREN...?
...GANZ ANDERS VERHÄLT ES SICH MIT UNS, WERTE SCHWESTER, DENN RECHNE NICHT DAMIT, DASS ICH MICH ZU GUNSTEN DEINES RECHTS DER ÄLTEREN ZURÜCKZIEHE! "ER" GEHÖRT MIR, WENN MEIN HERZ IHN ERKENNT!
GEH JETZT, OKISHI! ÜBER SEIN SCHICKSAL WIRD GERADE HIER ENTSCHIEDEN!

MEINE TÖCHTER! DIE HELDENTATEN DIESES KRIEGERS WERFEN EIN GLANZLICHT AUF UNSEREN GANZEN KLAN UND ERMÄCHTIGEN IHN, EINE VON EUCH BEIDEN ZUR FRAU ZU NEHMEN...
...DIE FREUDE DURCH DIESE HEIRAT MÖGE DAS LEID DURCH DEN VERLUST VON O-HANA VERGESSEN MACHEN!
EINE VON EUCH MÖGE SICH ENTSCHEIDEN...
...DAMIT ES EIN ENDE HABE!
VATER! DIE FREUDE ÜBERSCHWEMMT MEIN HERZ, DENN KEINE WAHL IST NOTWENDIG! ALS ÄLTERER GEBÜHRT MEINER SCHWESTER DAS VORRECHT, DAS ICH IHR GERNE ÜBERLASSE, DAMIT IHR GLÜCK DIESES HAUS ERSTRAHLEN LASSE, DAS VOLLER TRAUER IST!
GESTATTET, DAS ICH MICH ZURÜCKZIEHE, WÄHREND IHR DIE DETAILS DER HOCHZEITSVORBEREITUNGEN BESPRECHT.

ER WAR'S NICHT!... ER KANN ES NICHT SEIN, DIESER HAUDEGEN MIT DEM FRECHEN UND OBSZÖNEN BLICK!... NEIN, MEIN HERZ HÄTTE IHN ERKANNT!...
ALLES ERTRAG ICH, NUR NICHT DEN TRIUMPH MEINER SCHWESTER, DIESER ÄFFIN!... UND IHRE BÖSEN BEMERKUNGEN UND IHR MITLEID... NEIN... NIEMALS!
O KAMI DER WINDE! VERLEIHT MIR DEN MUT, ZU O-HANA ZU GEHEN... UND DURCH MEINE TRAUER ETWAS DAS GLÜCK O-YUS ZU TRÜBEN!
NEIN!
NEIN! TUT SOWAS NICHT!... ES WÄRE ZU SCHADE!
WARUM DAS WÄHLEN, WAS SO LEICHT ZU TEILEN IST?
WAS WOLLT IHR DAMIT SAGEN? LASST... LASST MICH LOS!...
SEID MEINE HERRIN! ICH VERPFLICHTE MICH, EURE SCHWESTER ZU ZÄHMEN UND IHRE KLAGEN EUCH GEGENÜBER MUNDTOT ZU MACHEN!

EUER VATER IST ALT UND GEBRECHLICH, DEN NÄCHSTEN WINTER ÜBERLEBT ER NICHT...
DURCH MEINE HEIRAT ERBE ICH ALLES UND KÖNNTE ALL EURE PHANTASIEN, ALL EURE LAUNEN BEFRIEDIGEN...
IHR HABT GETRUNKEN!... IHR STINKT NACH SAKE!
...DENKT DARÜBER NACH! IHR HABT ALLE MACHT, EURE SCHWESTER ZU DEMÜTIGEN, DENN ICH WERDE AUF EURER SEITE SEIN!
ICH WERDE EUCH BESITZEN! AUCH WENN ICH ES GEGEN EUREN WILLEN MACHEN MUSS... EURER WIDERSTAND STACHELT MEIN VERLANGEN NUR NOCH MEHR AN!
DU SCHLANGE! DU HAST IHN UMGEBRACHT...
NUNMEHR KANN ICH LEBEN, DA DEIN LEID DAS MEINE AUSLÖSCHT!

...UND DIESER AUFSCHNEIDER VON YASODA BRÜSTET SICH DAMIT, DIE GUNST DER DAM O-YU ZU BESITZEN! DER FRECHLING!
NA UND?... HABEN TOJI UND AKAI DAS NICHT SCHON VOR IHM BEHAUPTET? EINE BESONDERE HELDENTAT! ZU WENIG FÜR MICH!
DAS SAGST DU! "DER SCHMETTERLING VERSCHMÄHT NICHT DIE VOM SKARABÄUS ANGENAGTE BLÜTENKRONE."...
...ICH DAGEGEN WÜRDE NICHT DIE GUNST IHRER SCHWESTER, DER DAME O-FUMI, VERSCHMÄHEN. ABER ES IST HOFFNUNGSLOS...
UNGLAUBLICH! ...SIEH MAL!
F...FREUND...FREUND!
KLEINES SAMURAI-INSEKT, DEINE SERENADE LANGWEILT MICH! LEG DEINE PANZERUNG AB UND BEFRIEDIGE MEINE SINNE!
O-YU! DEIN BETRAGEN GIBT UNS DER LÄCHERLICHKEIT PREIS! DIE EHRE DES KLANS...
DIE EHRE?... DAS IST ZU DROLLIG! HÖRST DU, MEIN KLEINER SAMURAI? ...ABER DU BEWEGST DICH JA NICHT MEHR! BIST DU VIELLEICHT TOT? WIE SCHLIMM!
HERRINNEN! EINE UNGLAUBLICHE NACHRICHT! DER TOTGEGLAUBTE SAMURAI... IST HIER!

...UND SO FIEL ICH ALS TOTGE- GLAUBTER IN DIE HÄNDE EINER GRUPPE FEINDLICHER SOTSUZOKUS UND GERIET IN GEFANGENSCHAFT...
...ICH WURDE SO GEFANGENER EINES SHOZOKU-SAMURAI AUS DEM KLEINADEL, DER SICH VON MIR BESTIMMT EIN LÖSE- GELD VERSPRACH. ERST NACHDEM ICH LANGSAM WIEDER ZU KRÄFTEN GEKOMMEN WAR UND MEINE WUNDEN VERHEILTEN, KONNTE ICH FLIEHEN UND UNSERE TRUPPEN AUFSUCHEN...
...DOCH WENN AUCH DURCH MEINEN BESCHEIDENEN GEGENANGRIFF DIE KAMIS DIE SCHLACHT IN EINEN SIEG FÜR UNS UMMÜNZTEN, SO ERHIELT ICH WEGEN MEINER GEFANGENSCHAFT UND DER NACHRICHT MEINES ABLEBENS KEINE BELOHNUNG NOCH BEFÖRDERUNG ALS DANK FÜR MEINE UNTER- NEHMUNG. HIER BIN ICH ALSO ZURÜCK, SO BESCHÄMT UND NACKT WIE EIN REGENWURM...
ICH VERSICHERE EUCH, UKITA HIDIJE, DER WERT UND DER MUT SIND FÜR MICH GÜTER OHNE PREIS... EURE HELDEN- TATEN SIND EUCH VORAUSGEEILT UND ÜBERSTRAHLEN GLANZVOLL DEN GANZEN KLAN!
VATER! TROTZ DER NACKTHEIT DIESES SAMURAIS ...
...UND MÜSSTE ICH AUCH REIS PFLANZEN ODER IHM IN EINE DUNKLE HÜTTE BIS INS TIEFSTE ELEND FOLGEN, ICH WÜRDE ES TUN, WENN ICH DAS GLÜCK HÄTTE, IHN ZU HEIRATEN!
O-FUMI! HAT DER BAKU DEIN HIRN ZERFRESSEN?!...
MEIN HERZ HAT GE- SPROCHEN! ALLES IS GESAGT...
50

HÖRT HER! DER TENCHU HAT MIR KEINEN SOHN GEGÖNNT. WAS HINDERT MICH ALSO DARAN, EINEN ZU ADOPTIEREN?!
...UND DIESER HIER SCHEINT MIR WÜRDIG, MEINEN NAMEN UND MEIN ERBE ZU ERHALTEN UND AUCH O-FUMI ZU HEIRATEN!
NUNMEHR, JA, IST ALLES GESAGT... ICH BIN MÜDE. ZIEHT EUCH ZURÜCK!
NEIN! NICHT ALLES IST GESAGT!
DIESER SAMURAI ERSCHEINT MIR DER TAPFERSTE DER DREI, UND ALS ÄLTESTE HABE ICH EIN ANRECHT AUF...
O-YU, DU BÖSER SKORPION! ICH HABE MICH SEINERZEIT DEINER WAHL GEBEUGT... JETZT MUSST DU ES AUCH TUN!
GENUG! ICH HABE ENTSCHIEDEN! DIESER MANN FÄLLT AN O-FUMI! RESPEKTIERE MEINEN WILLEN!
WENN ER MIR NICHT GEHÖRT, SOLL ER KEINER GEHÖREN!
MIR SCHEINT, HIER SCHERT MAN SICH WENIG UM DAS BUSHIDO UND DIE PFLICHTEN EINES SAMURAI SEINEM HERRN GEGENÜBER...
...INDEM ER ZUM GEGENANGRIFF ÜBERGING, HAT DIESER MANN HIER NICHT GEHORCHT, DA DER RÜCKZUG BEFOHLEN WAR!
GEWISS, ABER UM DEN PREIS DES SIEGS!
SPITZFINDIGKEITEN! TATSACHE IST, DASS IHR NICHT GEHORCHT HABT! UND IN DIESEM PUNKT IST DAS BUSHIDO STRIKT!

VATER! EUER WUNSCH NACH EINEM SOHN TRÜBT EURE SINNE UND LÄSST DIE EHRE UNSERES KLANS IN VERGESSENHEIT GERATEN!
LIEBSTE SCHWESTER, DEINE WORTE SIND SO BÖSE WIE DER GESANG DES ISUKA, DES VOGELS MIT DEM GEKREUZTEN SCHNABEL! IN WAHRHEIT IST DIR DIE IDEE UNERTRÄGLICH, DASS EINE ANDERE FRAU ALS DU DIE SCHWARZEN ZÄHNE EINER VERHEIRATETEN FRAU ZEIGT UND EINEM SOHN DAS LEBEN SCHENKT!
WIRKLICH, KLEINE SCHWESTER, VON WELCHEM SCHÖNEN ERBEN KÖNNTE VATER DENN TRÄUMEN, WENN NICHT VON DER FRUCHT EINES ENTEHRTEN HAUDEGEN UND EINER KRIMINELLEN ÄFFIN, UM DEN ZU ERSETZEN, DEM SIE, UND DESSEN MUTTER, DAS LEBEN GENOMMEN HAT?
WIE?...
DIE HÄSSLICHEN FURIEN DER HÖLLE SOLLEN DIR DIE AUGEN AUSREISSEN! WIR WAREN ZU DRITT AUF DEM ERSTICKENDEN KÖRPER DIESER NUTTE VON KAORU! HAST DU DAS VERGESSEN?
O-FUMI! WAS HABEN DIESE UNSINNIGEN BEHAUPTUNGEN ZU BEDEUTEN?
IHR SEID ALT UND SENIL, VATER! DER TOD ZAUDERT SCHON ZU LANGE, UM EUCH VON EUREM TRAUM VOM LEBEN ZU ERLÖSEN. KÜMMERT EUCH EHER UM EINEN MÄNNLICHEN ERBEN, DER EUREN NAMEN TRÄGT UND...
EINEN ERBEN? WESHALB ERST EINEN SUCHEN GEHEN? ICH HABE EINEN!

UM DIE LANGEWEILE UND MIR DIE ZEIT ZU VERTREIBEN, HABE ICH OFT GENUG EURE BLINDHEIT ÜBERLISTET UND MEINEN BAUCH AN DIE STELLE EURER UNFLÄTIGEN KONKUBINE GESCHOBEN... DENN IM REICH DER SINNE SEID IHR DEM SHURI-HANN-DOKO ÄHNLICH, DEM DÜMMSTEN DER BUDDHA-JÜNGER, DER SEINEN NAMEN AN EINEM TÄFELCHEN UM DEN HALS TRAGEN MUSSTE, WEIL ER UNFÄHIG WAR, IHN ZU BEHALTEN!
...IMMERHIN HAT DIESER SPASSIGE ULK FRÜCHTE GETRAGEN, DENN SEIT KURZEM TRAGE ICH EUER KIND IN MIR!
UKITA HIDIJE... ICH KANN NICHT VERHINDERN, DASS DAS HIER GEBRAUTE GIFT SICH DRAUSSEN VERBREITET UND DIE EHRE DES KLANS BESCHMUTZT!... IHR... IHR BEGEHT SEPPUKU WEGEN... UNGEHORSAMS IM KAMPF... BUDDHA VERGEBE MIR!
NEIN!
...WENN ES SEIN MUSS, BEGLEITE ICH IHN AUF DER REISE DER DREI WEGE!
HABE ICH DIR JEMALS ETWAS VERSAGT, MEINE TOCHTER?... UND DIR, O-YU,...
...BEFEHLE ICH ZU LEBEN UND MIR EINEN SOHN ZU SCHENKEN! IST ES EIN MÄDCHEN, ...
...SO SOLLEN SEINE GLIEDER UND SEIN BLUT DICH ERSTICKEN! DAS SCHWÖR ICH DIR!

"DER SCHATTEN DES MONDES VERSCHWINDET HINTER DEN BERGEN, WIE TRAURIG! WIR WERDEN SIE NICHT MEHR WIEDERSEHEN... UNSERE AUGEN SIND TOT."
ICH BITTE EUCH... VERGRÖSSERT NICHT NOCH DIE TRAURIGKEIT DIESER LETZTEN AUGENBLICKE!... SEID IHR... SEID IHR NOCH IMMER ENTSCHLOSSEN?... HABT IHR DIE KRAFT DAZU?
EIN WORT MEHR, UND ICH BIN BELEIDIGT. IHR HABT'S MIR VERSPROCHEN!
JA, SCHON! ABER EINE FRAU...
PAH! DAS SIND MIR JA MÄNNERWORTE! ICH BIN DIE TOCHTER EINES SAMURAI! VERGESST DAS NICHT!... HAT TOMOE GOZEN NICHT AUCH IHREM GELIEBTEN KISO YOSHINAKA SEKUNDIERT, ALS DIESER NACH DER NIEDERLAGE IN UJIGAWA SEPPUKU BEGING?...
...ICH TRENNE EUREN KOPF SO SAUBER AB WIE DER WIND EIN BLÜTENBLATT ABTRENNT! ZWEIFELT IHR AN MIR?
SEIT WANN APPELLIERT MAN AN DEN SEELENZUSTAND EINER MARIONETTE? ICH GEHÖRE EUCH GANZ, O-FUMI-SAMA...
BRINGEN WIR ES HINTER UNS!

"EINE LIBELLE. REISST IHR DIE FLÜGEL AUS...
...EIN PIMENT!"
ER GEHÖRT MIR, O-YU... MIR GANZ ALLEIN!

DENDROS
PRINTERS OF COMICS · ZELHEM (HOLLAND)